이미지북

율격시조동인의
남도의 빛과 색을 찾아서…

2019년

2019년 봄, 장흥 모임_ 회원들과 함께

2018년

2018년 봄, 목포 모임_ 회원들과 함께

▲2018년 가을, 전북 익산_ 회원들과 함께

▲2017년 여름, 전주_ 회원들과 함께
▼2017년 여름, 전주 향교_ 회원들과 함께

2017년

▲2017년 가을, 광주_ 회원들과 함께

▼2017년 가을, 익산_ 이택회 시인 가람문학상 신인상을 수상하고

2016년

2016년 봄, 강진 영랑 생가_ 회원들과 함께

2019 vol. 3

율격시조동인

이미지북

우리 아이들을 위한 르네상스의 꿈

김수엽_율격시조동인 회장

"당신이 보고 있는 것들에 대해 생각해보라. 자신이 가장 생각하지 않는 것들에 대해 가장 많이 생각하라."
—마르셀 뒤샹

우리는 우리가 깨어있을 때 매 순간 보고 듣고 느끼는 이 세상의 사물들에 대해 별반 관심을 두지 않는 습관이 있다. 오로지 자신에게 이롭다고 여기는 것에 집착하여 억척스럽게 그것을 쟁취하거나 소유하려는 의지가 강할 뿐이다. 이는 인간의 본성과도 무관하지 않겠지만 사회적 환경이나 지도자의 철학에서 비롯할 수 있다.

요즘 세상 소식에 귀를 대고 있으면 나라마다 자국 이기주의에 매몰되어 가는 모습을 보고 들을 수 있다. 물론 필자가 이런 현상을 어떻게 해보겠다는 것은 결코 아니다. 다만 내용적으로는 문단의 말석에 있지만, 등단 순으로는 중견이 된 위치에서 또는 학교에서 학생들을 대상으로 오랫동안 정의를 말하고, 배려를 말하고, 미래 사회는 어떻게 변화되어야 함을 강조했던 교육자의 입장에서 참을 수 없는 이 무거운 현상을 그냥 넘길 수 없는 양심이 있기 때문이다.

과연 우리 인간에게 예술은 무엇이고, 문학은 무엇이며, 시조는 무엇인가를 생각해 볼 때 이 또한 보는 것이 전부가 아니라 보고 듣고 한 것들의 속을 찾아내는 과정이 아니겠는가? 그럴 때 돌멩이가 울고 있는 것도, 나무가 웃는 것도, 내 친구의 웃음 속에 상처가 있다는 것도 깨닫게 된다.

이런 관점에서 요즘 필자의 온 몸에는 자꾸만 서러움의 눈물이 고였다가 터져 흐른다. 세계의 지도자 역할을 자부하는 어떤 이는 눈에 보이는 모든 것을 돈으로만 계산해서 시부렁거리고, 또 어떤 지도자는 자신들이 저지른 과거의 죄를 죄 없다고 외치면 사라지는 줄 알고 소리만 지르고 있으니 말이다. 오직 자신들의 눈앞에 이익만 추구하는 동물적 욕망에 필자는 신을 부정하고 싶을 정도이다.

물론 강해지려는 대상의 싹을 미리 잘라 버려야 된다는 또 다른 경쟁의식에서 비롯된 것임도 안다. 그래서 자신들이 먼저 올라가 자리에 오르지 못하도록 사다리를 걷어차는 일임도 안다. 이런 가학적 무례함을 자신의 무기인 양 휘두르고 있으니 우리 같은 약자들은 인권이나 자존심은 모두 버리고 살아가야 한단 말인가?

환경오염과 환경 파괴로 인한 지구의 기후 변화가 심각하다는 보도가 많고 우리도 그런 변화를 피부로 느끼며 살고 있다. 지구의 허파라 부르는 아마존을 개발한다는 소식도 들리고, 빙하의 죽음을 기억하기 위한 기념비가 세워졌다는 소식도 들린다. 이런 문제를 걱정하는 것은 바보나 어리석은 사람들이 하는 것처럼 비웃음이 지배하는 현실에서 선한 사람들은 거시적인 안목에서 통곡을 할 수밖에 없다.

어떤 이는 이런 분노의 시간이 있으면 시조 한편이라도 쓸 일이지 무슨 뚱딴지같은 소리를 하는지 모르겠다는 사람도 있을 것이다. 또한 동인 활동이나 제대로 할 일이지 인류가 어떻고 우주가 어떻다는 둥 시조와 상관없는 헛소리를 지껄이고 있다는 비난도 할 수 있다. 하지만 이렇게라도 한 문장 남겨야 조금은 속이 시원해질 거라는 푸념이면서 필자의 개인적 소원풀이라고 여겨주면 좋겠다.

우리 율격동인들은 시조에 대한 남다른 열정과 애정

을 넘치도록 가지고 있다. 남도의 빛과 색을 찾기 위해서도 점진적으로 고민하고 노력하는 중이다. 시조의 좋은 작품도 중요하지만 이를 올곧게 지켜내고 지켜가는 것도 소중한 작업이다.

이번 3집에서는 공통으로 단수시조 한 편씩을 선보였다. 그 맛이 아직은 원석과 같은 느낌이지만 갈고 닦고 다듬어 가다보면 다이아몬드와 같은 보석으로 빛나지 않을까 하는 기대를 한다. 시조문학에 대한 독자와 작가의 저변 확장을 통해 인간적 사랑과 평화가 보편이 되는 새로운 르네상스가 되길 간절한 마음으로 기다려 본다. 물질이 지배하는 물신론物神論의 관점을 문학적 관점으로 바꿔가는 마중물의 역할을 시조가 했으면 하는 마음이다. 이 작은 율격의 목소리들이 메아리로 울려 더 따뜻한 세상이 되고 배려와 사랑 그리고 존중이 우선되는 사회를 우리 아이들에게 선물하고 싶은 것이 율격의 꿈이요, 소망이다.

"그냥 말하고 듣는 것은 소리에 불과하다. 말하고 듣는 것을 신중하게 말하고 들을 때만이 언어가 된다."

2019. 8월

최 양 숙

1999년 〈열린시조〉 등단. 2015년
광주전남시조시인협회 작품상 수
상, 2017년 열린시학상 수상
시집 『활짝, 피었습니다만』
◆ soosunha61@hanmail.net

꽃을 보지 못한다

차가운 밤기운이 창문을 흔들고 간다
잠들지 못한 채로 허리를 뒤척이자
달빛이 그물을 풀어
목덜미를 감싼다

새까만 날벌레들 창틀에 숨어든다
저녁에 피는 꽃을 보지 못한 날이 많다
당신이 웃다가 사라진다
달은 아직 둥글다

워킹맘

　머리는 질끈 묶고 한쪽 팔 옷에 끼우며, 앞발을 밟았다가 뒤축을 밟혔다가 정해진 배치에 따라 프린터 돌리는 소리 쉴 새 없이 릴레이 한다

　늦은 밤, 반환점 돌아 해제된 여자들

보리 익을 때

강둑을 걸어간다

손잡고 함께 가도

너는 너로 흐르고

나는 나로 돌아간다

풋보리

향기가 난다

서로 아픈 향기다

겨울 매미

마음 속 화산들이

폭발하려는 순간에도

어느 외진 산모퉁이
피어날 수선화를 위해

난 참아
미치도록 조용히
사실은 안간힘으로,

—2019 〈화중련〉 상반기

작년 겨울부터 우리집 베란다에 매미집이 한 채 붙어 있다.

빈 집이 아닌 주인이 들어있는 듯해서 언젠가는 땅의 품으로 돌아가겠지 싶었는데 웬걸, 겨울지나 봄·여름이 올 때까지 나의 일거수일투족을 낱낱이 지켜보고 있지 않은가!! 자리만 약간씩 이동할 뿐 거센 비바람에 창문이 흔들거리고 폭설에도 꼼짝하지 않았다.

그런 어느 날인가, 저 속에 사는 매미가 필시 '나'라는 생각이 들었다.

울고 싶어도 울 수 없는…, 아니다. 어쩌면 겨울매미는 누구에게도 알리고 싶지 않은 울음집 한 채 마련해 놓고 조용히 숨죽이며 온몸으로 울어야 할 이유가 있을 거라는 생각이 들었다.

이 택 회

2009년 〈시조시학〉 등단.
가람시조문학 신인상.
시조집 『여보게, 보자기』 외.
◆ yitaekhoe@hanmail.net

부안 채석강彩石江

조물주도 공부가 더욱 더 필요했나
변산반도 한쪽에 수만 권 쌓아두고
이따금 책장 넘기는 소리 사르르르 사르륵.

책을 읽다 시장하면 요기도 해야겠기에
밤참 새참으로 마련한 시루떡을
갈매기 밝은 눈으로 먼저 와서 찾는다.

대조사 소나무

사람으로 태어나도 사람 구실 힘 드는데
소나무로 태어나서 미륵보살 시자侍者로서
일산日傘을 받쳐 든 공덕 도솔천에 닿겠다.

오십육억 칠천만 년 기다림도 마다 않고
첫 마음 바뀔세라 상구보리 하화중생上求菩提 下化
衆生
바람도 그대 앞에서 고개 숙여 합장한다.

* 대조사 : 충남 부여 대조사. 석조미륵보살입상 옆에 커다란 소
  나무가 있다.

청련암의 추억

바람과 대나무는 밤새워 논쟁하고

달빛은 한 밤 내내 참선하다 돌아갔다.

토끼만 오가는 눈길에 열반송을 남겼다.

대설大雪

나니 너니 여니 야니
다툼이 지나치면,
천지는 화가 치밀어
평소 않던 일을 한다.
하늘은 땅에 내려오고
온 마을은 승천한다.

−2019. 8. 20. 경기신문 〈아침 시 산책〉

십 년이면 강산도 변한다고 한다. 요즘엔 십 년을 기다릴 것도 없이 천지개벽이 나날이 일어나고 있다.

20년쯤 수필을 쓰고서야 이런 것이 수필이구나 하고 장님이 코끼리 만지듯 조금 느낄 뿐이다. 이에 견주면 시조는 이제 겨우 십 년을 넘어섰다. 강산이 변하기는커녕 아직도 캄캄한 어둠 속을 헤맨다.

글을 쓰면서 항상 드는 화두가 있다. 쓸 만한 가치가 있는 글인가? 종이 값이 아깝지나 않은지? 모든 예술이 모방에서 비롯되었다고 하는 이들이 있다. 아직도 흉내만 내고 있다.

「대설大雪」은 신문사에 보낸 글이다. 눈이 많이 내리면 하늘과 땅이 가까워진다. 빛깔도 같아진다. 「청련암의 추억」은 한때 절에 살던 기억이다. 스님 따라 흉내만 내다가 내려왔다. 스님은 열반하고, 그때 흉내만 냈던 삶이 큰 자산이 되어 있다.

이 순 자

1997 〈한국시〉 등단.
현, 한국문인협회 익산지부장
오늘의시조시인회의, 가람기념사업회
시집 『집 없는 음표들을 그려놓고』
외

◆ Sjlee6830@hanmail.net

501호, 그 여자
—세월

새하얀 무명을 좋아하는 그 여자
발 모양을 그려서 가지런히 포개 놓고
바늘 귀 노려보면서
입술을 오므린다

이마를 자꾸 덮는 흰머리 쓸어내며
다촛점 안경테를 올리려다 내리다가
저만치 도망간 세월
혼잣말로 꾸짖다가

가슴이 답답해서 창문을 열고 보니
얼굴이 시리도록 느닷없이 부는 바람
'세상에, 독살시럽게 춥다'
그 목소리 그립다

501호, 그 여자
– 분리수거

남겨진 음식물을 통에 담아 칩을 꽂고
태우는 쓰레기는 봉투 가득 여미고

재활용 물건은 따로
또래끼리 나누고

–쓰레기를 그렇게 버리시면 안되죠
–남 상관 하지말고 당신이나 잘하믄 돼
–교회도 다니시면서……

어이없어 웃는 여자

종량제 봉투 값이 아무리 비싸기로
까만 비닐 가득 채운 양심도 내던지고
향수를 온몸에 바른 여자

눈 흘기는 그 여자

그날

어떻게 지냈느냐
염치없이 건넨 말

한참을 지웠어도 흔적은 남았는가

하늘이 부끄러워서
대답 대신 웃는다

501호, 그 여자
―꽃차

선생님, 오늘은 꽃차 한잔 주실래요?

꽃다발 주문하고 꽃차가 우러날 때

그 여자 가슴 속에는

꽃씨 하나 싹이 튼다

―2019 〈나래시조〉 봄호.

갑작스레 병원 응급실을 갔다.

응급실에서 하룻밤을 자고,

집중치료실에서 며칠 보내고

일반병실로 옮겼다가 퇴원을 하였다.

집으로 돌아와 나에게 나직이 속삭이는 말

"괜찮다."

그리고 미안하다, 고맙다.

아프다는 말 대신에 괜찮다고 표현할 수 있는

이런 내가 좋다.

참 좋다.

이 성 구

전남 강진 출생. 2013년 〈시조시학〉
신인상. 해동 종교창시 연구소장.
게스트하우스 '이가(李家)' 운영
시조집 『뜨거운 첫눈』
◆ leesungku239@daum.net

빈집

거미줄과 칡넝쿨
집안에 풍성하고

앞 뒤 뜰로 바람만 오가는 집에서

누군가
주인을 묻길래
내 집이라고 했다

안부

강을 지나 바다에 이르는
비의 습관도

종일토록 절벽을 만지는
파도의 일도

한세월
불목하니로 지켜내는
그 여생도

노들목에서

만선도
여러번 맛 보았을
작은 배 한척

반쯤 묻혀있다
지쳐버린 나처럼

아프냐
묻기도 전에
펑펑 우는
폐선하나

시월 용담꽃

이정도

멍 없는 삶들이 어딨냐고

울혈 같은
청보랏빛으로
우는 듯 울고 있다

한쪽에 감춰둔 기억

아팠던가

울었던가

−2018 〈문학춘추〉 가을호

사설시조는 사설시조이고

양장시조는 양장시조이며

연시조는 연시조이기에

시조라 할 수 없다

시조는

오직 시조만

시조라 할 수 있다

유　　헌

2011년 〈月刊文學〉 상반기 신인상,
〈한국수필〉 신인상, 2012년 ≪국
제신문≫ 신춘문예 시조 당선. 고산
문학대상 신인상 등 수상. 계간 시
조시학 · 한국동시조 편집위원,
시조집 『노을치마』 『받침 없는 편
지』

◆ yoohoun@hanmail.net

야간열차 안에서
― 세 남자 이야기

돋보기 걸친 남자가 세상을 읽고 있다 네가 죽어야
내가 사는 신문 2면 보는지 눈살을 찌푸릴 때마다 일그
러진 프로필

법전을 펼쳐두고 밑줄을 긋는 청년 행간을 뛰쳐나온
파편 같은 활자들을 다시 또 짜 맞추려는 듯 이마를 짚
고 있다

고개를 좌로 돌려 창밖을 바라본다 차가운 유리벽에
달라붙은 얼굴 하나 어둠의 그물망에 갇힌 낯선 내가
거기 있다

감꽃, 지다

올해도 감꽃은

지기 위해 피었네

져야 맺는다는 걸

필 때부터 알았을까

저만치 낮은 곳에서

별이 돼 다시 핀 꽃

꽃밭에서

꽃이라 적어놓고

꼬시라고 읽는다

밭을 바츨이라고

당당하게 말하는

그 꽃밭 슬쩍 바라보니

몇 가닥 쭉정이 뿐

노을치마 2

복숭아 꽃잎처럼
날아온 편지 한 장

그 백지 그러안고 천일각에 올라서니

강물이 절뚝거리며

내게로 오고 있다

사금파리 날 같은 윤슬에 눈이 먼 새,
팽팽한 연줄 한 올 움켜 쥔 흰 물새가
뉘엿한 붉새를 물고 내게로 오고 있다

미처 못다 부른
연서 한 필 펼쳐두고

말 없는 그 말들이 초당에 쌓이는 밤

야윈 강 뒤척일 때마다

일어서는 저녁놀

* 남한강변의 병든 아내 홍씨가 강진 유배지의 다산 정약용에
  게 보낸 신혼의 다홍치마.

−2019 〈오늘의 시조〉 제13호

1807년 봄, 복숭아꽃 흩날리는 연분홍 봄날, 다산초당에 '노을치마'가 도착한다. 남한강변 여유당의 병든 아내 홍씨가 강진 유배지의 정약용에게 신혼의 다홍치마를 보낸 것이다. 시조「노을치마」는 "왜 하필, 다홍치마를 남편에게 보냈을까"에서 출발했다. 남편은 천 리 먼 길 강진 땅에 유배돼 있고 자신은 깊은 병에 걸려있고..., 이승에서의 마지막 선물이었을까. 아름다운 신혼의 사랑을 생각하며 다시 만날 날을 기다리고 있겠다는 약속 같은 것이었을까. '노을치마'에 담긴 정서는 애틋하고 간절했다. 그래서 탄생한 게 2011년의 '노을치마'이고, 이번 시조집의 제목이 된「노을치마 2」이다.「노을치마 2」는 나름 은유, 직유, 상징, 활유, 역설법 등의 비유법을 동원한 작품이다. "야윈강 뒤척일 때마다 일어서는 저녁놀" 즉 '노을치마'로 남편 다산 곁을 지키겠다는 홍씨부인의 애틋한 마음이 담긴 시조가「노을치마 2」이다.

용 창 선

전남 완도 출생. 문학박사. 2015년
《서울신문》 신춘문예 등단. 중앙시
조백일장 장원 2회. 율격동인. 전
중·고등학교 교사, 전 성화대 교
수, 목포문화원 강사. 목포대학교
출강
시집 : 『세한도를 읽다』(2019).
◆ dragon4424@naver.com

김우진

1.
현해탄 건너가던 그날의 관부연락선
—미안하지만 내 짐을 이 주소로 보내주오
식민지 청년의 두 눈은
저녁놀에 물들었다

전라도 목포부 북교동 김수산
목포에서 경성으로 부산에서 동경으로
절망을 끌어안고서
청년은 꿈을 꿨다

산돼지로, 이영녀李永女*로
힘겹게도 살던 민족
분노의 한밤부터 눈물의 새벽까지
마음의 불길을 꺼내 쓰고 또 쓰던 청년

2.
째보선창** 낮달은 불안하게 떠있다
안경을 고쳐 쓰고 담배를 꺼내 물면
아득한 희망이던가

먼 집이 불을 켠다

축음기 바늘이 기억하는 사의 찬미
술 덜 깬 바다는 새벽까지 일렁이고
토해낸 달빛 하나가
흐릿하게 흔들린다

청년의 유서가 이 가을 보도步道 위에
망설이다 몸 던지는 은행으로 쌓이는데
아직도 바다를 못 건넌
그 사랑이 떨고 있다

* 산돼지, 이영녀李永女 : 김우진이 쓴 희곡.
** 째보선창 : 목포시 온금동에 있었던 선창. 배를 댈 수 있는 조
  그마한 만灣에 부두를 설치하면서 삼면을 막고 한 면만 열어
  놓아 언청이 모습을 하였다고 해서 '째보선창'이라 불림. 지금
  은 매립되고 없다.

닭섬, 해 낳다

부상扶桑에서 노닐 때는 벼슬 제법 높았다지
닭똥 같은 잔별들 하나 둘 돋아날 때
신음의 난생설화卵生說話가 노을 아래 퍼진다.

새벽 불러 잠 깨우던 닭벼슬 간 데 없고
꽁지머리 다박솔도 산파 되어 수발든다
핏물이 들끓는 바다 막 낳은 알 따뜻하다.

* 닭섬 : 완도군 노화읍 넙도 내리 부속 섬. '웃닭섬'과 '아랫닭섬'
  이 있다.

우륵

살해된 가락의 시체*
어느 땅에 묻을까나.

망국의 밤하늘이
통증처럼 뱉은 별들

열두 줄
가야금 같은
빗줄기를 튕긴다.

* 황석영 소설, 『가객歌客』 중에서.

얼음 소녀

잠에서 깨어나니 온몸에 쌓인 눈송이
고운 옷 입은 나를 엄마는 알아볼까요.
눈들도 발 헛디딘 벼랑 물집 잡힌 살얼음.

비릿한 물고기가 몸 안에서 헤엄쳐요.
얼음 같은 전생 속에 눈과 귀가 멀어져가요.
바람은 제 몸의 구멍을 틀어막고 우는 피리.

얼음의 저린 손을 풀어주는 봄인가요.
눈에 낀 얼음에서 울음이 만져지고
당신이 찰옥수수처럼 목젖에 자꾸 걸려요.

삐꺽이는 나무계단 거기 서있던 나를
당신은 잊었을까요, 눈꺼풀 너머 사랑을
오백 번 겨울을 건너온 이 서늘한 외로움을.

* 얼음 소녀 : 1999년 아르헨티나 북서부 칠레 국경지대인 해발
6,700미터 안데스 산맥 얼음 구덩이 속에서 발견된 15세의 미
라 소녀. 500년 전 잉카제국의 옥수수추수 때 제물로 바쳐졌
다고 한다.

−2018 〈 정형시학 〉 겨울호

닭섬, 알 낳듯 시상을 낳는 시간들

500년 긴 잠에서 깨어난 얼음 소녀는 자신이 화자가 되어 독백하는 곳마다 그녀의 서글픔이 가득 배어 있다. 신라인이 되어버린 망국의 예술가 우륵은 음악을 새롭게 완성, 결국 그의 통증과 고뇌가 12줄 음악으로 승화된다. 김우진은 목포 최초 동경유학생으로 이 시는 그의 문학에 대한 열정과 민족에 대한 애정, 그리고 시대현실에 대한 분노를 형상화 한 것이다. 노을이 지상 최대의 장관을 연출하는 동안 완도 넙도 닭섬 꽁무니에 떨궈놓은 태양의 창백한 모습이 방금 낳은 알처럼 참으로 옹글지다.

염 창 권

1990년 《동아일보》 신춘문예 등단.
시조집 『햇살의 길』, 『숨』, 『호두껍
질 속의 별』, 『마음의 음력』
시조평론집 『존재의 기척』
한국시조시인협회상,　중앙시조대
상, 오늘의 시조문학상 등
◆ gilgagi@hanmail.net

공가空家

스프레이로 갈겨 쓴 글씨 그 옆길로 걷는데
아무렇게나 문짝을 열어놓고 집을 나간 집

수십 년

달구어 준 자궁, 텅 비었다고

예의 없이!

외진 날, 지붕을 보며

후회 따윈 비에 맞아 더 없이 누추해졌다
굽어보는 하늘 아래 민낯을 둘 데 없어

치욕이 두꺼워졌다,

그 힘으로 견딘다.

섬

침상 위의 그녀는 태아처럼 웅크렸다
자신을 껴안은 채 등 뒤로 말을 받았다

알 속의 생이 웅얼댄다,

몸 낳을 듯 축축하다.

조서 調書

숨어 있던 치욕이 다른 치욕을 겁탈했다

눈구멍을 쑤신 듯 붉어진 창틀 밑에서 죽은 나무
건너가는 바람처럼 쏟아질 때 잠자코 저울을 가리
키던 기록관이,

여기에 올려놓는 거야
너도 그걸 잘 알지?

그가 뚫어둔 구멍으로 세상이 흘러들었다
분해된 거울 앞에서 과거를 짜 맞출 때
내 입이
배수관처럼 뱉어낸

저,

눈알들!

ㅡ2019 〈정형시학〉 봄호

큰물에 들었다가 익사하기 직전에 빠져나온 적이 있다. 초등학교 4학년 때였는데, 아버지에게 말을 못했다. 멍청하고 조심성 없으며 별 볼 일 없는 애라는, 그런 비슷한 말이 나올 것임을 미리 들었던 것이다. 어른으로서 책임지는 일이 두려우니 그런 말을 예사로 한다. 자신에게 그 말을 되돌려주면 퍽이나 난감해할 터이다. 나는 어려서 다른 집 어른들이 하는 일들 중에서 그런 꼴을 본 적이 참 많다.

이와 같은 일은 상처로 남는다. 지금도 그렇다. 나에게 속해 있는 일은 모두 내 책임이자 능력에 따른 것이다. 구원이 그렇고 나의 일상적인 삶이 그렇다. 이 세상 어느 곳에선들 어른 된 이를 쉽게 찾아 볼 수 있겠는가? 없다, 덜 성숙한 어린애들뿐이다.

구원은 멀리 있다.

선 안 영

2003년 경향신문 신춘문예 시조당
선. 2008년 중앙시조대상 신인상
수상. 2018 발견작품상 수상. 2011
년 서울문화재단 창작기금과 2016
년 유망작가 창작지원금 받음.
시집 『초록몽유』, 『목이 긴 꽃병』,
『거듭 나, 당신께 살러갑니다』, 현
대시조100인선 『말랑말랑한 방』이
있음.
◆ i1004sun@hanmail.net

일곱 날의 정오와 아홉 날의 자정

염포 두른 붉은 입술 아직도 피가 도는

밤의 책갈피 그 안에 눈부신 천일야화

봉인된 물병 편지로 둥둥 흘러 다니지요

세상 모든 '첫'으로만 첫가지에 지은 둥지

쪽쪽쪽 입 맞추는 파랑새 말만 들리는

빗방울 뿌리를 내려 흰 구름도 낳고 낳던

길 끝에 후회가 젖니처럼 돋는 시간

소금기둥이 된다 해도 기어이 돌아보면

먹구름 등껍질 같은 겉표지만 남았지요

통증 2

1.
뚝 떠서 한 삽 퍼 간
깊게 파인 흙구덩이

한 그루 뽑혀나간
통증만 만개하는

정처인 여기가 꿈같아
나는 왜 낯이 선가

2.
초침은 똑 딱 똑 딱
시간의 벽을 부순다

흐드러진 봄꿈 말고
길몽도, 술도 말고

귀 닳은 문턱을 딛고
이미 추운 가을바람

백도선 선인장

단 한 줄의 문장이
뿌리 되듯, 시가 되듯

한 덩이 그리움에
불쑥 솟는 꼭짓점

진부한 아홉을 남기고
한 숨결이 옮겨가는

벽에 그려진 귀에게

뜨거운 혀끝에다 얼음을 물릴까요?

장마철 흙탕물처럼 내일도 탁한가요?

안쪽의 꿰맨 자국들이 바깥이 되는 날들

추억들을 팔고 팔아 꽃과 집을 산건가요?

잘 닦은 거울을 확 뒤집어 놓을까요?

시커먼 비닐 뒤집어 쓴 씨앗이 되는 계절

만근의 눈꺼풀을, 나날들을 감겨줄래요?

문 없는 굳은 벽을 똑 똑 똑 노크하면

사라질 젖은 말들의 출입구가 열린다

—2019 〈다층〉 여름호

몸도 삶도
점점 등이 굽어
하나의 커다란 수레바퀴가 되어간다

구르고 굴러,
흐르고 흘러 미답의 길을 가는 ……

속도가 속도를 둥글게 이어 붙여

바퀴는
앞서간 바퀴를 따라 싫어도 닮아간다

박현덕

1967년 전남 완도 출생. 1987년 〈
시조문학〉 천료. 1988년 〈월간문
학〉 신인상 시조 당선.
중앙시조대상. 오늘의시조문학상.
백수문학상 등 수상.
시집 『스쿠터 언니』『야사리 은행
나무』 외 다수. '역류' 동인
◆ poet67@hanmail.net

겨울 목포항 · 1

가슴 한쪽 긁어내는 어슴새벽 파도소리
바다가 보이는 여관방 창문 열면
간밤에 눈 내렸구나 고행을 덮어주듯

바람에 놀란 괭이가 여백을 지울 뿐
부두 하역 노동자 몇 모닥불 피워 놓고
연거푸 술잔 비우다 꽃불에 확 뿌린다

눈보라에 얼어붙은 일용직의 눈물이
한순간 온 몸으로 울어대는 파도 되어
남도창 한 가락인가 자진모리 밀물이다

겨울 목포항 · 2

산중턱 슬래브집 찢긴 쪽창 구멍 사이
늙고 어진 수부에게 파도소리 들려준다
왼종일 바다를 안고픈
공갈 같던 생 언저리

시간의 그물을 저 바다에 던져보면
파닥거린 이야기로 술잔을 나누던 일
저물녘 등대를 감싼
노을로 피어 있다

진눈깨비 맞으며 선착장을 거닌 날
크고 작은 배들이 물결 따라 꿈틀대면
가난이 살얼음 깨고
낡은 그물 깁는다

보길도에서

이제 더
갈 수 없는

어둠 겹겹 치대고

마음 나눈 풍경과
그저 술잔
주고 받아

노인은
세연정 바위에서
새 한 마리
날린다
발표작

저녁이 오는 시간 · 1
―겨울 운주사

그 오촉 전구 같은, 눈 내린다 산지 절집

대웅전 추녀의 끝 금탁도 흐물흐물

길 잃은 바람을 불러 목울대를 세운다

골짜기로 흩어진 천 개의 바람소리

꾀죄죄한 불상들 몸뚱이 피가 돌게

적막 깬 소리 사이를 흰 새가 날고 있다

우리의 일상 속에서 얻은 '시의 씨앗'을 어떻게 발아시킬 것인가? 연일 계속되는 폭염에서 그것을 가지고 질문을 던져 본다. 자신의 내적 또는 삶의 행로를 통해 얻은 성찰로 시적 토양을 마련할 수도 있다. 허나 시의 줄기를 또 어떻게 뻗어 갈 것인가?

결국은 시인이 좋은 작품을 분별하고, 그 작품의 밀도를 알아내야 한다는 것일지도 모른다. 갈수록 우리 삶은 치열해지고, 새롭게 등단한 시인들은 날렵한 시적 변모를 드러낸다. 지나간 시간을 붙잡을 수가 없는 것처럼, 언어노동자로 열공해야 할 것 같다.

박 정 호

1966년 전남 곡성 출생.
1988년 〈시조문학〉 추천 완료.
◆ hanullbada@naver.com

무명無明

풀숲의 들꽃이 피었다 지곤 하였다
거기 누가 있고 없고 눈길 주지 않았어도
저 혼자 피었다 지는 한뉘의 노역이었다.

애 닳아 몸 열리는 걸 보여주는 일이거나
스스로 빛을 내어 뿌려주는 일이거나
나누어 주고받는 것임을 몰라도 괜찮았다.

섬진강 흐르는 산에 지등紙燈 같은 달이 올라
겨운 생각 받아 넘겨 흘러넘친 상강霜降이었는데
그윽이 깊어져서는 앞뒤 끊긴 길이었다.

달궁 별사別辭

별들의 강을 건너 삼십삼천三十三天을 돌아와서 고토
古土 위에 떠오르는 마한馬韓의 길을 따라 옷자락 끌며
나오는 항아의 뜨락에 서다.

땅에서건 하늘에서건 우리는 서로 아득한 달 안과 밖
끊긴 길에 위리안치圍籬安置된 지상의 날 마음의 유배지
에서 손가락 깨물어 쓰는 편지.

반야봉 넘나들다가 세석평전 휘달리다가 흔들리는
몸짓도 없이 절로 붉은 철쭉을 두고 잊은 지 오래되었
으니 끄덕끄덕 살만하더이.

흥! 이다

갖은 것의 흉내나 내며 짐작하다가 마는 것을,

땅이나 살피며 살아도 좋았을 것을,

이 무슨 고약한 일이냐

시를 쓴다고?

흥! 이다.

허허, 흉한지고

— 애고哀苦, 단풍丹楓

어느 녘 결구結句인가
소지燒紙 올리듯 붉어진 뜻은
무엇 있거든,
내장산內藏山에 흉 지어 감춰진 무엇
천지에 고하지 않아도
절로절로 드러나는.

세월의 숲인 것을,
내처 디뎌 왔는 것을

드난살이였던 거라 마상이 타고 왔던 거라 절며 가고
끌며 가서 등걸잠 자듯 잊혀지는 아무도 모르는 무게였
던 거라 그러니 달궈져 던져진 돌이라 한들 어떻겠느냐
불붙어 날뛰는 어름산이라 한들 어떻겠느냐 그만하게
무겁고 그만하게 가볍게 사등롱紗燈籠 밝혀 들고 기우뚱
거리는 잡놈의 어깨춤사위를 따라 능선을 타 넘어 간다
애고, 애고 잘도 간다 그 꼴 그 모양인 종생終生의 도린
곁이라도 놓아 둔 마음 곁에 놓아 둔 손 하나 이윽고 그
립더니라 몹쓸 놈 허튼 몸짓으로 움찔움찔 흔들리더니
라 여 보아

라 여 봐라

　낯꽃이 허, 흉한지고
　이냥 그대로 흉한지고.

−2019 〈정형시학〉 봄호

늘 그렇듯 이렇게, … 청설모처럼 날렵하지는 않아도 뛸 때는 뛰고 느긋하게 걸으며 오늘을 간다. 잊지 않기 위하여 메모를 하고 잊기 위하여 술을 마시며, '살아간다'와 '죽어간다'의 사이에서 부동심도 없이 휩쓸리다가 사람과 사람의 틈바구니에 끼어 늘 그렇듯 이렇게.

문 제 완

2009년 공무원문예대전 시조 부분
최우수상(국무총리상). 2011년 역동
문학신인상, 2012년 〈시조시학〉
신인상. 2012년도 제주《영주일보》
신춘문예 시조 당선
시조집 『꽃샘강론』
◆ moon@epost.kr

퇴화退化

제라늄 꽃 시들었다.
꽃집 주인 하는 말

지는 꽃잎 떼 주어야
새잎들이 울창해져요

내 맘도
허허로워졌다
비워내야 할까보다.

구겨진 이파리를
햇살 바람 희롱할 때

낡은 한 생 넘어가고
새 꽃잎 움이 돋네

꽃대에
힘이 오른다
비워 둔 곳, 꽃이 피네

하직 인사

하늘빛 회색인 날
오피스텔 창문 열고

아슬아슬 허공에서
손톱을 자른다

티끌로 수직하강하며
하늘 길에 나선다

작은 무게 덜어주면
내 몸은 가벼워질까

적멸의 찬란한 공간
빛나는 날개 짓

손가락 마디마디가
저녁놀에 반짝인다

파문波文

백운계곡 빛 내림
초록 하늘 열리던 날

물매화 이슬 머금고
바람결에 살랑대고

꽃구름 계곡 물결이
파르르 떨고 있다

한국 사람*

진회색 슬픔이다
울음의 물결이다

둥글게 휘어 돌아
징하게도 사무친

음률의 춤사위에는
흰 웃음 배어있다

하모니카 리드마다
배어있는 폭발음이

한이 되고 힘이 된다
비처럼 음악처럼

허공에 음계들 퍼진다
비브라토 눈물로,

* 가수 김현식의 하모니카 연주곡.

—2019 〈한국동서문학〉 여름호

새로운 시작詩作이다

작년 가을부터
온몸이, 마음이, 삭신이 쑤신다.

내 생은 비록 회색빛이 될지라도,
우주의 벅찬 기운을 받고 싶다.

퇴화가 될지언정 퇴보하지 않으리라.
새벽마다 천지 기운을 받아
새로운 시작詩作을 하고 싶다.

예전에 읽은 책 한권이 기억난다.
『나는 런던에서 사람 책을 읽는다』라는,
그래 나도 '시인 책'이 되길 꿈꾼다.

꽂진 자리에 새로운 텃밭 하나 일구면,
풍성한 언어의 울림통이 만들어질까?

김 혜 경

2015년 〈시조시학〉 등단. 오늘의
시조시인회의, 율격 동인
◆rose27101@hanmail.net

하현

창문을 두드리던 간밤의 꿈일까
저물녘 한내천 갈밭의 바람일까
왜가리 물 속 읽어내 듯
네 마음이 보여

첫잔은 네 마시고 다음 잔 첫잔이 마시고
술 취해 올라탄 말이* 제 알아 갔노라고
아무리 아니라 우겨도
네 생각이 들려

* 천관녀를 찾아 간 유신의 말.

소년과 나

바람이나 쐴 양 공원에 갑니다
호숫가 풀숲에 습관처럼 주저앉습니다
한 소년 고개를 묻고
네잎클로버를 찾네요

하얀 이 드러내며 배시시 웃습니다
애써 찾은 네 잎을 남겨두고 그냥 갑니다
행운은 못 찾았지만
소년을 보았네요

꽃발

소나기 지나가며 차창에 꽃발 쳤네

올려 본 하늘에 아롱대는 얼굴 하나

아무리 와이퍼를 돌려도 지워지지 않네

봄나루역*春浦驛

간판뿐인 꽃다방 돌아
역전식당 지나면
철길은 지워지고
기적 끊긴 역 있네
세월은 매표도 안 한 채 개찰구를 빠져나갔네

짝다리를 잘 짚던
선 머슴애 눈웃음을
모른 척 외면하던
갈래머리 소녀야
열차는 눈길 한 번 안 준 널 폭폭해 했었지

꿈길에 길을 물어
다시 찾은 봄나루역
벚꽃 잎 흩날리는
만경강 둑길을 걷네
봄은 늘 짧기만 했네 숙맥 같은 내 청춘처럼

* 익산시 춘포면 소재 전라선 폐역.

―2019 〈열린시학〉 봄호

장마 물러가자 매미가 귀청을 찢네요.
판소리 다섯 마당에 한 마당 보태려는 피울음을
뉘라서 탓하겠습니까마는
겨우 떡목 흉내나 내는 나처럼
득음까지는 까마득하네요.

불볕 아래 한참을 더 울어야만 할 것 같습니다.

김종빈

2004년 〈시조문학〉 등단. 제3회 시
조시학 젊은시인상. 제4회 이호우
시조문학상 신인상 수상. 현) 가람
기념사업회 사무국장
시조집『냉이꽃』,『몽당 빗자루』
◆ 33169b@hanmail.net

다도해에서

섬과 섬이 품고 있는 한산에서 진도까지
가로 세로 엮어놓은 양식장 저 부표들
물결에 가물거리며 물목을 지키고 있다

백기 같은 깃을 접고 갈매기가 물러가면
밤새도록 오리 떼와 일전을 치러야 한다
판옥선 그 망루처럼 관리 막에 불 밝히고

오늘도 무사하냐며 서로 안부 건네는데
새벽을 밀고 오는 울돌목 들물의 함성
사즉생 일자진 펴고 열 두 척 섬 떠있다

별꽃별곡

저문 이월이 길을 연 선득한 거리를 걷다
부연 미세먼지 속 한 송이 꽃을 만났다
시멘트 갈라진 틈새 수줍게 웃는 저 별꽃

먼지 풀 풀 날리는 회색빛 도심 속에서
우연히 마주친 너, 나와 닮은 것 같아
빌딩도 숲이 된다는 새로운 사실을 안다

재개발 도로에 깔린 어릴 적 오가던 길가
가만 가만 일어서던 풀들의 안부일까
환하게 꽃으로 올린 소식 한 줄 읽는다

동백꽃이 피었습니다

만덕산이 품고 있는
보현사 동백나무 숲
임진년 불길을 돌던 강강술래 애절함이
후두둑
발밑에 뱉는
각혈
몇 모금이어라

소

등에
멍에를 지고
논밭 갈던
우리 할배

부위별로 해체되어
숯불에서
두 번 죽었다데

죽어도
죽을 수 없는
북이다
나는 북이다

—2019 〈시조미학〉 여름호

요즘엔 자고 일어나면 별의별 사건들이 연달아 터지곤 한다. 십년이면 강산이 변한다는 말은 옛말이 돼버린 지 오래다. 그러나 급변하는 오늘날에도 변하지 않는 것, 아니 변할 수 없는 것은 역사 뿐 일 것이다. 우리 조상들께서 몸으로 막고 견뎌 온 지난날들을 잊지 않고 기억해야만 하는 것이 이 시대를 살아가는 사람으로서 제일 큰 책임 중 하나라고 생각한다. 임란부터 오늘에 이르기까지 북이 된 소, 즉 아버지의 그 아버지, 그리고 지금의 아비로 살고 있는 내가 조용한 몸부림으로 외치는 단발마의 비명을 여기에 적다.

김수엽

1992년 《중앙일보》연말 장원
 1995년 《경향신문》 신춘문예 당선
역류, 율격 동인
 ◆ ksooy99@hanmail.net

시골집에 와서

곡선은 덜컹거리며 골목을 빠져 나왔다
그 여름의 햇볕도
관절을 접어야만
비로소
마을을 나와
신작로로 흘렀다

오랜만에 작은 방 문틈에다 귀를 대보니
등 굽은 새우 한 마리
둥글게 누워 있다
그 순간
녹슨 숨소리
삐거덕 흘러나왔다

그녀가 절룩거리며 벽지를 밟고 오른다
그럴 때마다 눈물소리
방안 가득 홍건하다
이제는
그녀의 얼굴
액자 속에 납작하다

막차

의자에 앉아 있던 할머니 그 머리가
차창을 툭툭 치자 가로등이 켜졌다
저 밖은
밝아 오는데 내 눈은 더 어둡다

바퀴가 덜컹거리며 습관처럼 멈춘다
눈빛은 눈꺼풀을 열고 나와 두리번대다
또다시
고개를 끄덕 바퀴를 굴려간다

불빛에 뛰어가다 도망가다 반복하면
마침내 늙은 길 끝에 끌려오는 우리 동네
할머니
다왔습니다 기계음의 그 방전放電의 말

외침

빗소리를 복용하던 지렁이 한 마리가
콘크리트 바닥 위에서
거칠게 뒤척이는 말
등짝은
따뜻하지만 흙냄새가 그립다

청소부의 눈

내 뒤 불빛들이 부리나케 쫓아오면
난 어둠을 끌어당기며
속도를 재촉 한다
그 순간
별 하나 툭 지고
피 냄새가 수상하다

기계음의 반복들로
멍들어 간 길 위에
한 생명의 살점들이 부고장으로 펄럭이고
이 주검
연신 지우는
까만 어둠 아직 깊다

하루를 단단하게 밀봉해가는 깊은 시간
하늘은 조등弔燈 같은 보름달을 켜 달고
바람도
곡哭을 해대고
별 몇 개 조문도 왔다

이 밤 견디고 나면
또 하나 부활하는 아침
햇살이 킥킥 웃으며 길 위로 평평해질 때
내 눈에
상처 난 기억
빗질로 지워갔다

−2019 〈시선〉 여름호

시조 쓰기가 힘들다. 아마 필자의 피에도 분노가 가득 차 있기 때문이 아닐까 한다. 근자에 일본의 경제 침략에 국민들의 분노가 들끓고 있다. 필자도 이런 와중에 무엇을 할 수 있을까 하는 고민을 해 보았다. 우리 민족의 역사를 되짚어보면 일본과 중국의 침략 역사이다. 물론 이런 과거의 아픔을 들춰 무엇 하겠냐만은 그래도 단재 신채호 선생님의 "역사를 잊은 민족에게는 미래가 없다"는 말씀을 가슴에 새겨보는 기회가 되었다. '독립 운동은 못했어도 불매운동은 한다'는 생각에도 동의하면서, 오늘도 그 외침에 내 작은 외침을 더하고자 한다. 앞으로 이런 문제를 고민해 보는 작품도 써 봐야겠다.

김강호

1999년 《동아일보》 신춘문예 당선
시조집 『참, 좋은 대통령』 외 다수
◆ poet1960@hanmail.net

가을이 오는 길목

휘영청
달빛 헤치며
가을이
오는 갑다

귀뚜리
앞세우고
오솔길로
오는 갑다

빈 수레
느긋이 끌고
시를 실러
오는 갑다

들꽃

고난의
허리춤에서
주고받던 말들을

빠뜨리지 않고서
적어둔 필사였다

보란 듯
봄 길목에서
피워 올린
상소문

귀로 먹은 보약

교만의
죽지가 자라
날갯짓을 할 무렵

두 귀로
받아먹은
쓰디쓴
보약 한 첩

영혼이
겸손해져서
무릎으로 살고 있다

시집 짓는 누에

등단이란 알을 깨고 성큼 자란 누에가
한지 문에 얼비치는 초록 문장 갉아먹을 때

달빛이 쏟아지는 소리
방안 가득 차올랐다

설익은 시어들을 배설물로 쏟아내고
비울 것 다 비워서 더 비울 것 없는 날
마침내 섶에 올라가 시상에 잠겨있다

투명하게 잘 익은 생각의 정수리에서
은빛 시 풀어내어 시집 한 채 지어 놓고

숨죽여 열반에 든다
쭈그렁 늙은 부처

−2019 〈정형시학〉 가을호

내가 누에가 된 느낌.
혹은, 누에가 시인이 된 느낌.
그렇게 누에는 시집을 짓고,
나도 종내는 시집 지어놓고
쭈그렁 부처가 되는 것.

고 정 선

한국시조시인협회 시조대중화위원
회 부위원장. 좋은시조작가회 회장.
목포시문학회, 별밭 동인. 오늘의시
조시인회의 회원. 제10회 목포문학
상(시조)
시조집 『눈물이 꽃잎입니다』
◆ gojeungsun@hanmail.net

정 때문에

한 평짜리 흩집에 관리번호 문패 삼아
추모공원 모롱이에 소나무가 되신 엄니

간만에 우스갯소리로
안부를 여쭸다

먼저 가신 친정 식구에 경로당 친구까지
다들 만나 지내니 겁나 좋소 물었더니

“아 그걸 말이라 하냐
날마다 봄날이다”

아버지 만나서 미운 정은 풀었소
묻자마자 가슴 치며 마른침 삼키시더니

“원수여, 그놈의 정 때문에
또 못 죽어 보고 산다”

갯메꽃

모진 정 잘라낸 후 모래펄에 혼자 앉아
푹 삭힌 애간장을 허허바다에 풀어 놓고

조석朝夕 간間
피다가
그리고 지다가

사랑이 민낯인 꽃

홑동백 이야기

갯바람에 닦은 잎들
초빛이 양록洋綠이다

붉은 홑꽃잎 에워싼 속
싸라기별 총총 떴다

동박새 품었다 보내고
툭, 진다

남긴 말
없었음

용접鎔接

우린 녹아서 하나 되어 단단해지고

그렇게 이어지니 피돌기도 힘차고

둘이서 하나 되는 것
뜨겁지 않음 못할 일

−2019 〈시조미학〉 봄호

1년 사이에 많은 이별이 있었다. 90이신 어머님이 하늘나라로 가시면서 오랜 병고에 시달리시던 외숙모와 이모부 두 분, 그리고 나보다 한 살 위인 막내이모까지 데리고 가셨다. 이젠 식구들 그만 성가시게 하고 같이 가자 하셨나보다. 가보니 있을 만 하다고….

이별이란 시간이 지나면 잊어지기 마련이다. 진한 여운이 남아있을 때 쓴 시를 좋은 곳에서 함께 모여 즐겁게 읽어주셨으면 하는 마음이다. 갯메꽃과 흩동백도 그 마음 가운데 피었다 진 꽃들이다.

강 성 희

전남 무안 출생. 2012년 시조시학
여름호 신인상, 젊은시인상 수상.
광주전남시조시인협회 회원. 시조
시학, 열린시학, 시조동인 "율격" 회
원. 현. 한국시조시인협회 이사. 목
포詩문학회 회장
시집 「바다에 묻은 영혼」
◆mpksh1024@hanmail.net

100년 전 삼일절

창공을 어지럽힌

총격소리

  탕

    탕

     탕

휘날리는 탄환에

끓어오른 민족의 혼

조국은

기억하리라

핏빛 물든 만세소리.

목포구 등대 1

목포항 기점으로 나드는 선박마다
섬돌을 밀고 당기며 물비린내 걸러내다

등대와
눈웃음치며
물살을 헤집는다.

빈 어망 걸어놓고 등대 끝 돌아가는
어부의 한숨소리 다도해 꺼져갈듯

노을이
뱃전을 돌아
시름을 달래준다.

해변을 품은 낙조 눈물 뚝뚝 떨치면서
점점이 뿌려진 섬 어스름 건너갈 때

홀로선
목포구 등대
노을에 심지를 댄다.

멀 구슬 예찬

오월이면 치마폭에 살며시 숨어들어
볼품은 없었지만 연보랏빛 머금고서
첫새벽 향기를 뿌려 멍든 가슴 풀어준다.

작은 꽃 속속 마다 감춰진 꽃술들이
봄 햇살 마파람에 살며시 눈 비비며
파랗게 잉태한 구슬 감싸 안고 토닥인다.

한여름 더위 속에 진땀을 흘리면서
눈부신 햇살 꼬드겨 노랗게 물들이면
설핏한 바람이 들어 안부를 묻고 간다.

앙상한 나뭇가지 주름진 알맹이들
눈서리 섞어가며 낫토처럼 발효시켜
까치들 잔칫날이면 속살 풀어 상 차린다.

명창, 울돌목

기운찬 울돌목이 소리마당 열어간다
굽이진 물길마다 우리가락 어절씨구
파도가 날개깃 세우면 춤사위로 변해간다.

바닷길 헹가래치는 득음의 구성진 멋
목청 끓는 갈증을 밀물로 풀어주며
사리에 쩡쩡 울리며 피를 토해 다듬었다.

썰물이 빙빙 돌아 머리에 거품 일어
흐드러진 너름새로 신명난 아라리가
구겨진 바위 틈새에 추임새를 부추긴다.

부챗살 활짝 퍼듯 덩실덩실 이는 물결
여울목 떠나갈 듯 달아오른 한마당이
불멸不滅의 명창이 부른 애환 서린 서편제 소리.

—2019 〈시조시학〉 여름호

100년 전 삼일절은 과연 얼마나 살벌한 세상이었을까? 어떤 말도 어떤 진실도 얘기도 할 수 없었던 시절, 작금을 살아가는 우리가 상상할 수 없는 그런 아수라장 같은 세상에서도 우리 민족의 혼은 살아 숨 쉬고 있었다. 우리의 선인들이 총칼 앞에서도 꼼짝하지 않고 나라를 위해 숭고한 목숨을 바쳐 오늘의 우리가 이 아름다운 강산을 살아가는 것이다.

100년의 세월이 흐른 오늘에서야 삼일절 만세소리가 내 귓전에 울리는 건 그동안 우리 선인들에 대한 나라를 위한 큰 뜻을 잊어버리고 다시 되새김질하는 꼴이 아닐까도 생각되어 부끄러운 내 자신을 돌아본다.

강 대 선

2019《동아일보》신춘문예 당선

◆ 89kds@hanmail.net

가을을 켜다

들녘은 꺼칠한 손바닥을 드러내고
낮달은 그 사람 입술처럼 창백하다
바람은 깃발을 흔들고
억새는 날아간다

어둑해진 방안은 여전히 꺼진 등불
죽은 나비를 매달고 침묵하는 거미줄
간간이 몸을 떨다가
날아가는 그리움

돌아갈 생의 터는 아득해서 어두운데
길목에서 서성이던 철없던 그 사랑은
어쩌면 깊은 병이었을
등 하나를 남겼다

그해 오월의 근황

바닷가에 앉았으니 성긴 눈 떠다닌다
회의懷疑는 길어지고 파도소리 높아진다
무엇도 닿지 않는다
버려지는 소식들

밤새 눈 내리고 달빛도 차가웁다
조각 난 소문조차 상념은 끝이 난다
폐쇄된 진실의 나날
수면조차 적막하다

공사판은 여전히 땀냄새 날리는데 학생들 패대
는 군인들의 몽둥이
오늘은 부처님 오신 날 피에 젖은 티셔츠

술렁이는 소문들로 숨죽이는 나날들
아나운서 목소리에 파도가 일렁인다
그림자 주저앉는다
허리조차 가늘다

언 섬에 갇혀버린 물오리가 울어댄다

강대선 125

어미는 육지에서 종일토록 안절부절
호롱불 꺼질락 말락
칠흑 밤을 건디고

똑딱선 올라타고 해남에서 올라오니 아들은 집
에 없고 끌려가는 시민들
시뻘건 바리케이드 총구를 겨누었다

절망을 처박고 물오리가 얼어 있다
서책을 펼쳐놓고 나지막이 읊조린다
폐쇄된 그리움들이
목구멍을 조여 온다

내일을 받아서 오늘 하루 넘어간다
겨우내 갇혀 있던 물오리가 헤엄친다
바닷가 봄이 술렁인다 겨울과 이별하고

아들이 굳은 몸을 운전석에서 빼내어 리어카에
옮겨 싣고 거적으로 덮었다
눈물로 새벽밥 지어내 묘지로 향했다

해마다 묘소 앞에 술 한 잔 못 괴이고
꽃이 피는 이 섬에 들꽃만 시름겹다
봄눈이 꽃처럼 내린다
관절마다 시리다

하루를 내딛던 목숨 길도 절벽인데
건너편 죽음들도 햇볕에 반질거리고
낙화도 길들여졌는지
곁에 와서 죽는다

노을 끝에 매달려 눈물을 흘린다 남겨진 증언들
과 죽음만이 푸르구나
들꽃은 해마다 피어 한 걸음씩 내딛는다

지리산

그려도 그려지지 않은 윤곽들이

희미해진 옛사랑을 아슴하게 부양한다

가슴에 그어 내리는

흘림체 소주 한 잔

약속

노을은 저승으로 건너가는 이승 길

꽃상여 타고 떠난 우리 누이 손톱에

봉숭아 꽃물 들였지

첫눈 오면 건너오라고

―2019 『신춘문예 당선집』

어린 시절부터 슬픔이라든가 아득함이라든가 하는
것들이 내 몸에 붙어서 떨어지지 않은 것 같다. 그 중
에 하나가 광주의 오월이었고, 오월을 보내고 난 뒤에
도 오월은 여전히 나에게 붙어 지금까지 따라오고 있
다. 하지만 나는 오월이라든가 나의 슬픔이라든가 하는
것에 말을 걸어본 적은 별로 없다. 그냥 멀리서 찾아온
이방인처럼 데면데면했던 것이 사실이다. 하지만 그 이
방인으로 인해 일찍 철이 든 것은 내 자신이었다. 말을
걸기 시작했다. 넌 언제부터 나를 찾아오게 되었느냐고
그리고 또 어디로 나를 데리고 갈 것이냐고. 시조에 늦
게 몸을 담았으나 시조를 한 번도 떠나본 적은 없는 것
같다. 왠지 오래 전부터 같이 지내온 동반의 느낌이라고
나 할까. 나는 길을 찾아 눈을 감고 지팡이를 두드린다.

강 경 화

2002년 《시조시학》 신인상
2013년 광주전남시조시인협회 작품상
시조집 『사람이 사람을 견디게 한다』 외
◆ enterkkh@naver.com

풍영정을 오른다

몇 안 되는 돌계단을 터벅터벅 오르는데
인기척에 놀란 걸까 멈춰 선 민달팽이
맘먹고 찾아간 걸음이 일순간 겸연쩍어진다

어쩌다 저 나무는 강을 향해 휘어자란걸까
미미한 상처도 속부터 차오르는 법
밑동의 부르튼 껍질 새살에 밀려 벗겨진다.

슬픔이 꼭 울어야 맑아지는 것일까

걷는 모습 그대로 찍히는 발자국들

마음은
또 밖을 향한다
참 몹쓸 버릇이다

뭉클한 그늘

손잡고 오던 걸음이 신호등에 멈춰서자

해 등지고 선 할아버지의 그림자 깊숙이

할머니
앉아 쉬신다

세상 넓은 그늘이다

훔쳐보기

도저히 두 눈 뜨고 볼 수 없는 광경이다

보일 듯 말 듯 혼자 보기 아까운 뽀얀 살

한쪽 눈
질끈 감아본다

단망경 너머
교교한 벚꽃

밤하늘

계속되는 목과 어깨 결림으로 찾은 한의원

처방은
침 몇 대와
고개 들어 하늘 보기

하늘도
아래만 본 걸까

밤마다
침 꽂혀있다

                    —2019 〈시조시학〉 봄호.

갈수록 뜨거워지는 여름, 몸의 움직임도 최소로 하고 시원한 곳만 찾아든다. 인적 뜸한 큰 사거리, 부부처럼 보이는 할아버지와 할머니께서 신호에 걸려 멈춰 섰다. 할아버지가 해를 등지고 서자 할아버지의 키보다도 작은 그림자 안쪽에 쭈그려 앉는 할머니. 세상 그 어떤 그늘이 그보다 시원할까? 녹색 신호를 기다리는 짧은 시간 동안 한 사람의 온전한 그늘이 되어주는 한 사람을 나는 보았다.

2015년도

04. 12 시조시인 모임 '율격' 발대식

　　(신정한정식, 광주 서구 농성동)

－발족 취지 : 전남·전북·제주와 광주광역시에 거주 및

　　연고를 둔 시조시인

－회칙 제정 및 임원 선출 : 회장 박현덕

　　사무국장 문제완, 재무 유헌

－카페 개설 : http://cafe.daum.net/sijoyul/ 밴드 개설

－참석회원(16명) : 강경화, 강성희, 김강호, 김수엽, 김

　　종빈, 김진수, 노종상, 문제완, 박정호, 박현덕, 염창

　　권, 용창선, 유헌, 이송희, 정혜숙, 최양숙

※모임 이름은 '율격(律格)'을 광주교육대학교 염창권

　　교수 제안으로 결정

05. 용창선 동인 해설서

　　『고산 윤선도 한시의 역주와 해설』 공저 출간

06. 염창권 동인 시조집『숨』출간

08. 유헌 동인 시조집『받침 없는 편지』출간

11. 유헌 동인 시조시학 '젊은 시인상' 수상

12. 염창권 동인 '중앙시조대상' 수상

2016년도

01. 10 정기총회 개최 (신정한정식, 광주 서구 농성동)
－회칙 통과 : 내용 카페 게시
－신입회원 김혜경 동인(전주) 가입
－동인지 발행 계획 및 정기모임 일정 확정
－참석회원(11명) : 김강호, 김수엽, 김종빈, 김혜경, 문
　제완, 박현덕, 염창권, 용창선, 유헌, 정혜숙
05. 21 정기모임 개최(전남 강진군 달빛마을)
－유헌 회원 추진으로 강진 팜 투어 겸 1박 2일 정기모
　임을 개최
－동인지 발행은 대표작 1편, 신작 3편으로 하되,
　1편은 강진 관련 작품
－신입회원 이성구 동인(강진) 가입
－참석회원(14명) : 김수엽, 강성희, 용창선, 김종빈, 문
　제완, 박정호, 박현덕, 유헌, 김강호, 정혜숙, 선안영,
　김혜경, 최양숙, 이성구
11. 이성구 동인 시조집 『뜨거운 첫눈』 출간
　　선안영 동인 2016년 유망작가 지원금 수혜
12. 김강호 동인 시조집 『참, 좋은 대통령』 출간
　　강성희 동인 시조집 『바다에 묻힌 영혼』 출간
12. 10 정기모임 개최 (순득이식당, 목포시 산정동)
－강성희 회원 초청으로 목포 일원 관광

－강성희 회원 시집출판기념회 축하(목포문학관)

－참석회원(10명) : 김수엽, 강성희, 김종빈, 박정호, 박
현덕, 유헌, 김강호, 정혜숙, 김혜경, 최양숙

2017년도

05. 박현덕 동인 시조집『야사리 은행나무』출간

07. 1 정기총회 개최

(전주 한옥마을 일원, 전주 아이 게스트하우스)

－동인지『율격』(부제 : 달의 남쪽을 걷다) 창간 및
출판기념회

－임원 개편 : 회장 김수엽, 사무국장 김종빈
재무 김혜경 (임기 2년)

－동인지 출판에 따른 의견 수합은 회장이 밴드를 통해
공지

－모임 : 정기총회는 1박2일, 정기모임은 당일로 결정

－참석회원(14명) :김수엽, 강성희, 김종빈, 염창권, 문
제완, 박정호, 박현덕, 용창선, 이성구, 유헌, 김강호,
정혜숙, 김혜경, 최양숙

10. 유헌 동인 '고산 문학대상 신인상' 수상

이택회 동인 '가람시조 문학 신인상' 수상

11. 11 정기모임 개최

(광주 오얏리 돌솥밥, 미암박물관 탐방)

－동인지 2집 발행 : 연회비 납부, 편집위원 구성
연혁 추가

−시집 발간 및 문학상 수상 축하와 모임 후기 기록
 (용창선) 방법 논의
−다음 정기총회부터 호남가단 원로 시인과 만남 주선
 (김종, 송선영, 최승범)
−참석회원(14명) : 김수엽, 김종빈, 염창권, 문제완, 박
 정호, 박현덕, 용창선, 이성구, 김강호, 정혜숙, 강경
 화, 김혜경, 선안영, 최양숙
11. 최양숙 동인 처녀시집『활짝, 피었습니다만』출간
    최양숙 동인 2017년 '열린시학상 시조부문' 수상
2017년 현대시조 100인선(고요아침)
−염창권 동인『호두껍질 속의 별』
−김강호 동인『군함도』
−선안영 동인『말랑말랑한 방』
−이송희 동인『이태리 면사무소』
−정혜숙 동인『그 말을 추려 읽다』
−강경화 동인『메타세쿼이아길에서』

2018년도

03. 31 정기총회 개최
    (목포 서해해양경찰수련원, 순득이네 횟집)
−동인지 발간 : 대표작 2편, 신작 2편, 시작노트.
 2018년 8월 발간
−회원 확충 : 2018년 말까지 호남에서 활동하는 시조
 시인 추천 마감

−차기 모임부터 율격 결성 취지인 '호남정신 발견과 계승'에 대해 토론

−9월 정기모임 : 2집 출판기념회 전북 익산

−참석회원(14명) :김수엽, 강성희, 김종빈, 염창권, 문제완, 박정호, 박현덕, 용창선, 이성구, 유헌, 김강호, 이택회, 김혜경, 최양숙

06. 선안영 동인 시조집 『거듭 나, 당신께 살러 갑니다』 출간, '발견' 작품상 수상

09. 염창권 동인 평론집 『존재의 기척』 출간

09.15. 정기총회 및 2집 발간 기념회

-전북 익산. 가람문학관 및 미륵사지 탐방

2019년도

02. 박정호 동인 〈한국시조시인협회〉 본상 수상

03. 전남 강진 시문학관 행사 참석 및 정기 모임

−참석회원(16명) : 강경화, 김강호, 강성희, 김수엽, 김종빈, 김혜경, 선안영, 문제완, 박정호, 박현덕, 용창선, 이성구, 유헌, 이택회, 최양숙, 이순자

−동인지 3집 발간 : 발표작 1편, 신작 3편, 1편은 단시조. 시작노트

−신입회원 : 강대선, 고정선, 이순자 시인 가입

04 유헌 동인 시조집 『노을치마』 발간

고정선 동인 문화체육관광부와 장애인예술협회 창작지원금 선정

05. 박현덕 동인 「겨울 등광리」로 '김상옥 백자예술상'
  수상
08. 박현덕 동인 작품 「저녁이 오는 시간·1」로
  '백수문학상' 수상
09. 고정선 동인 첫 시조집 『눈물이 꽃잎입니다』발간
  가을 정기 모임 및 3집 출판 기념회 (광주광역시)

율격

ⓒ 율격시조동인, 2019

1판 1쇄 인쇄 ┃ 2019년 09월 05일
1판 1쇄 발행 ┃ 2019년 09월 10일

지 은 이 ┃ 율격시조동인
펴 낸 이 ┃ 이영희
펴 낸 곳 ┃ 이미지북
출판등록 ┃ 제324-2016-000030호(1999. 4. 10)
주   소 ┃ 서울특별시 강동구 양재대로122가길 6, 202호
대표전화 ┃ 02-483-7025, 팩시밀리 : 02-483-3213
e - m a i l ┃ ibook99@naver.com

ISBN 978-89-89224-47-1   03810